詩集

生きる

螺良君枝

随想舎

詩集　生きる

目次

第一章　炎　天

第二章　海辺の回想

第三章　五月のうた

詩集　生きる

第一章　炎天

冬の天

夜明けしんしんと
寒気は覆いかぶさり
半月の光りに　多行松の影が
ぽっかりと　円を画く
段竹の穂は天を突き
枯れてもなお　威容を誇る

一片の雲さえ拒む　真昼の空
あくまで碧く　陶器の冷たさ
無為に過ごした歳月を
呼び戻すすべはないけれど

熱い涙で絵が描けたなら
天のキャンバスに恥じない
無心の傑作が生まれよう

黄昏は容赦なく押し寄せ
今日一日を閉じこめる
家路を急いだ山道の夜空
少女の心に　灯したあかり
故郷を離れた日から
平野の冷たい夜空と　対峙する

生きとし生けるものを包み
静寂で厳しい　冬の天
哀しいこと　嬉しいこと

人の生き死にまでも
刻みつづけて　今日を生きる

雑草

お前は逞しい　どんな場所でも
根を張り葉を広げる
コンクリートのすき間から
這い上って風にそよぐ
トタン屋根に居座って
青空と会話する

お前には様々な顔がある
かやつり草は　英国紳士
背高でつんとすましている
つゆ草は控えめな女

大勢の中で　ひっそりと咲く
かなもぐらは　みかけだおし
とげとげしい広い葉を支える足は
かぼそくて未練げもなく
土から離れる
かたばみは　饒舌ですばやい子供達
捕らえるすべもなく
広がっていく
もち草は回りを枯らしてまで
大木になろうとあせっている

お前は強靭だ
踏んでも蹴っても
すぐに起き上がる

なぎ倒しても　ぐんぐん伸びる
放り投げても　その場所に
根付いてしまう

お前のように強く生きたい
光と水と空気を友にして
傲然と現実を見据えながら

炎天

山の裾野の開墾
那珂川の河原に植えた
さつま芋の手入れ
十五歳の軍国少女の夏は
絣の決戦服に身を固め
「ほしがりません勝つまでは」と
ロボットのように　遮二無二に
働いていた

一九四五年八月十五日正午
終戦の詔

銃を圧し折り　地面に叩きつけ
兵隊達の号泣に
茫然と空を仰ぐと
太陽はぎらぎらと照りつけ
滴る汗が　地面をぬらした

挺身隊の従姉は
伝染病で身罷り
スマトラ島から　帰還した叔父は
マラリアに苦しみ
短い生涯を終えた

赤紙一枚の威力
B29の乱舞

きのこ雲の破壊力
失われた幾十万の命と
奪い去られたもの

あれから流れて行った月日
多くの痛みや悲しみを
すっかり吸い取った　平和な空

だが今も続いている被爆の悲しみ
今年も太陽は
やり場のない憤怒を
熱砂のように放出する

退職

粉雪の降る夜　退職を決意した
理由はただ一行「後進に道をゆずります」
白く冷えた紙に　しるす文字が
ぶるぶる震え
ひたいも胸も汗ばんでいた

新年が来て　様々な想念が全身を占め
眠れない夜がつづく
三十八年の総決算はあと九十日
くる日くる日を　どう過ごすか
死に直面した人のように

焦り苛立ち苦しい
時間よ止まれ　何度も呟く

決辞に詰り　壇上で涙する
幾多の子供の瞳が「何故やめるの」
追いかけてくる
逃げまどい　泣き声で目覚める
何人に出会い　何人担任したか
想いは際限なく続き
少しまどろんで朝が来る

重大な秘密を抱いているように
増えて行く書類が気にかかり

二月はスピードで過ぎ
恐れていた三月が来た
梅から桜花の季節
度重なる別れの会
声はつまり　言いたいことも
話せなかった

両手に抱えたすべてを
青空に向かって投げつけると
花びらと化して　ふわふわと四散した
洞ろになった　がらんどうの胸の中へ
ずっしりと木々の緑が沈んできた

望郷

庭の木々の緑が増すと
きまって去来する　故郷の風景

国見平の頂上から　富士山が霞んで見え
観音山の牡丹桜が風にゆれる
花立峠のわらびやぜんまいが背のびし
解石山の山道の　一人静や二輪草
山吹草が　頭をふりふり話している

冷たいわき水にゆらいでいる
小石を裏返すと

さわがにが動きだす
甲羅をもって　バケツに入れると
ざわざわ　ざわざわ合唱する
石の下にそっと両手を入れ
つかまえた　まっ黒いかわいいかじか
手の中のくすぐったい感触

あいそをやすで追う弟を呼んで
メダカ取りの手拭の片方をもたせる
一　二　三　水をすくうと
きらめき踊る
家の南の池にはなした
大きくなって鮒になると信じて

小川の水を堰き止めて
泳ぎながらみんなで食べた
トマト　キュウリ　スモモの甘さ
がぶりと歯をたてると
太陽のにおいがした

離れて住んで何十年
今は山も川も変貌したろうか
いつまでも鮮明な
想い出の自然――

沼の回想

気がつくと　沼の淵に立っていた
思い出の青い風が吹いて来たのに
枯れ蟷螂の斧の様に
風に背いて　硬直するばかり
風に向かって　空を切るばかり

思い直し　全身で決意して　歩き出す
萎《な》えた服に　体温の鼓動を
一足　一足　封じ込めて
しっかりと歩き出す

木道の　優しい音に酔っている
赤黒い　心の傷を撫でてみる
そっと覗いた水面は
雲を映して　僅かに華やいでいた
咳きこむような
木木のざわめきに　かすかに
答えていた

がまずみの実が　光っている
たおやかに　なびいている
むらさきしきぶ
山韮の花の吐息
蝮草の突き上げた
赤い実の意志

ざわざわと　葦は騒ぎ
冷えびえと　沼は沈んで
消えて行った

花の寺

狭く急な石段を上ると
端正な萱葺き屋根の　山門が
ひっそりと迎えてくれた
苔むした紅梅　白梅の古木が
石畳の両側に　散在して植えられ
遠い歴史を　語り始める

かつて昔　幾多の女人の
忍従の物語を聞き
憂苦の涙を吸い取った
樹木の数々

安住の地に　辿り着いた
安堵にも似て
今は静かに
秋の草花が　咲き乱れる

桔梗　萩　藤袴　石蕗の花
杜鵑草　十二単　狗尾草……
紫陽花　つつじの　返り花
十月桜の清楚な花のもと
柔和に鎮座する　観音様に
思わず手を合わせる

奥まった境内に
幽邃を愛した文人達が

永久の眠りについている
四季折々の
花ざんまいに　囲まれて

（鎌倉　東慶寺）

鳥

ある日飼主の
切ない頼みを　振り切り
未知の世界に飛び立った
憧れた広大な自然には
束縛のない　風が吹いていた

自ら求めた生だから
生きるための　枷があった
鋼のような心と覚悟を
張り巡らすことも　覚えた

桜花爛漫の春　花びらは甘く
花粉にまみれて
現世の春を謳歌し
酔い痴れ　狂った

炎暑の夏　儚い生の宴を
蝉たちと舞った
胸の羽毛が　悔いのように
汗といっしょに　滴って消えた

ピラカンサス　紫式部　檀　栴檀
錦木　ゆずりは　梅もどき
色とりどりの実は　たわわにゆれて
飽食の旅は　ゆったりと流れた

与えられた生をのみ
生きて来たから
苛酷な凩に　逆うすべはない
研ぎすまされた
夜の闇に紛れて
今は　飛翔するばかりだ
生ある限り
渾身の力をこめて

昇仙峡

牛が寝そべっている
太古　溶岩流だった
熱い熱い時代も遥かに
風雪に耐え　濁流に削られ
幾星霜　じっと同じ姿勢で
苔を　食みつづける

貝が　嗄れた歌をうたう
爆発前湖だった
静謐の思い出を
あまりにも変わりはてた

地表の凹凸の戦いに疲れ
滴り落ちる　泥水に打たれて

天狗岩が聳えている
深い深い谷間をのぞみ
霧を従え
木木の伸びるのを押さえつけ
青空だけが話し相手だと嘯き
傲慢にあたりを睥睨して

かつては住んでいたであろう
さまざまな動物たちの墳墓の上
作られた奇石の数々
落下する幾篠の滝の飛沫が画く

七色の虹のかけはし
溢れ溢れて　渦巻く水の流れに
瞳は吸い込まれてしまう

海底緑地
泳ぎつかれてついた場所は
まぶしい出口であった

千足峠

やっと頂上に着くと
少女は　長い三つ編みの髪を
後ろに揺らして
自転車のスタンドを立て
一息吐く

同じ坂道を後から登って来た
兄弟の少年
少し離れた場所で汗を拭く
白線を巻いた帽子に
カーキ色の詰襟の服

ズボンに巻いた
ゲートルが凛々しい

戦争に志願した二人は
還って来なかった
日の丸の小旗を振って
峠まで送った出征の朝
「きっときっとー帰って来てーくんろうーなあー」
老婆の金切り声が　冴が
少女の耳に　いつまでも祈りとなって
こびりついていたのに
西北の眼下に　那珂川が白く輝き
町並みの屋根が鈍く光る

桜やつつじ　赤松の木々は
ずっしりとあたりを囲む

過ぎ去った　半世紀にも餘る歳月
只ただ生きてきたのみの　忸怩たる想い
未来に胸膨らませて　幾度佇んだことか

峠はそしらぬふりで
どっしりと今も在る
見上げれば優しい小鳥の囀りと
松籟の音ばかり

第二章　海辺の回想

体育する少女

真剣な瞳　決意を秘めた肩
出発の前にあるときめき
振り切りたい静寂
目的までの距離が
鼓動に合わせて伸縮する

走る　山を目がけて韋駄天
緑の風にきらめきながら
山脈が一瞬傾く
飛ぶ　海に向かって
障害物をひらり

陽光と大波をかわして
かもめのように　風を切って
宙に舞う

シルエットに降る　七色の光の燦
流れる汗と　今は静かな吐息
しあわせな　満ち足りた空気が
あたりをすっぽり包んでいる

手術

胃も腸も　青く透き通った蝶
青空を夢見て　必死に飛ぼうとする

素肌に一枚の馴染めない手術着
俎板の鯉になって
ストレッチャーに乗せられ
駆け足で運ばれる

冷ややかな手術台
麻酔が打たれて　朦朧となる
右の手の血圧計が

生き物のように　締めつけ　緩め
波うっている

終了　医者の声
丸太の様な体は
ベッドの上に　ころがっている

悪夢から覚めない
仰向けの蝶
泥沼に落ちて　動こうと焦る
渾身の力をこめ
沈むことを　拒否して

右か左に動ければ

もっと楽になるだろうに
愛する人が黙って
添にいるだけで
眠ることができただろうに

激痛が
心と体をばらばらにして
弄ぶ

白い部屋

生まれて　初めての部屋は
さりげなく迎えてくれた
白いベッドは　固い表情で
どっしりと　構えている

六個に区切られ
孤立した空間
それぞれの持ち主は
病いと戦いながら
ひっそりと　横たわる

苛立ち　不安　恐れ
希望　確信　再起
無表情な天井の升目に
一字一字書き込んで
さりげなく　消してみる

体温　脈拍　血圧
点滴　回診　食事
がんじがらめの体は
ナースセンターの
見えない糸に揺らぐ　昆虫

午後三時　二百七号室の
白い檻の　ひとときの静けさ

真夏の乾いた部屋のなかで
もう咲いているだろう
門口のひまわりの陽気な黄色と
庭の百日紅の赤を胸に
緑の風に吹かれて揺らぐ
あげは蝶の夢を見た

海辺の回想

どこまでも　砂丘は続いていた
松毬は微かに鳴り
海から吹き寄せる　白濁色の風

私は佇み　心を澄ます
かつての紺碧を　一条の水脈を
激しい光と　波の戯れに
莞爾たる君を　想い描こうとして

波は霧散する
波は生き物の様に華開く

君を埋めた痛々しさで
私の心に揺らめく　あかり
それすらも　忽然と奪って去る

暗い海　英魂を孕む海
私は苛立ち　軋む胸を抱えて
音もなく　歩き出す

砂丘のつきる地点
砂丘に挫折して
奈落の海に向かって
声限り叫んでみよう
不気味な波の哄笑にむかって
怒りをこめて

流れのなかで

川は流れていた
瞬時も休むことなく　せせらぎながら
かつて一滴の雨水だった私は
自分の意志を持たず　流れていた

気がつくと大勢に囲まれ
声高に話していた
きらめきながら歌っていた

太陽の光は　川底にゆらめき
しぶき溢れる渓流であった

魚達は競って躍り
木の葉は挨拶もそこそこに
舞いながら去った

月日は容赦なく過ぎ
ふりむくと
おびただしい堆積に
取りすがっていた
周囲を取り巻く　藻のかずかず
身動きすらできない　葦の林
そこには人影もなく
小鳥の囀りもなく
わずかな光さえ　訪れてはこない
ときおり遠く頭上で

風音が囁くばかり

突如嵐がきて
あたりを突き破り
本流となる日を　ひたすら待って
今はひっそりと　漂っている

秋思

先駆けて色付いた　落葉樹は
つかの間の華やぎに
浮かれている
見上げれば見事な青空で
心の底まで磨かれる
すがすがしさ
遥かな雲にまで呼びかけたい
衝動にかられる

草むらの中で　幽かに虫の声
草紅葉の中に　俯いた蝉の亡骸

蟷螂の雌が　ゆったりと
老体を晒す
産卵もすみ　愛しいものを
食べ尽くして　慙愧の思いに
三角形の頭を振る
褐色の瞳に映るのは
何であろう

月日は　何故こうも素早く
逃げ去るのか
夏のほとぼりが　潜熱のように
記憶の隈に疼いているのに
生きるためには
自然の営みに　逆らうすべはないのか

風に木の葉が　小声でうたう
密やかな別離のうた
鮮やかだった緑の面影が
みるみる遠のく
暗くて冷たい冬への促音

愁い事はすべて振りきり
前のみ見つめて
生きて行こう
心の空洞にレッドを塗って
来る日来る日に　かすかな爪痕を残して

海辺の朝の街

颪は時折　轟音を立てて吹く
椰子の木が
生き物のように　撓りながら
縹色の空と　会話している
入り江の海は音もなく
つかの間の休息をまどろむ

海に迫った断崖は
自然の摂理に身をゆだね
幾星霜の歴史を
静かに　つぶやきはじめた

午前六時　街はまだ眠っている
夕べの華麗な夢を
ふんわり　すっぽりと包みこんで
――三年ぶりに私は笑った――
生きている喜びをかみしめ
未明に一人温泉に浸かった

街の灯が　一つ一つ
消えて行く
今　最後の灯が
またたいて消えた

今日も快晴の旅

下田湾内めぐりの　紺碧の波が
まなうらを　よぎって消える

失踪

七年前の六月
おまえは　赤いバスケットに
じっと蹲って
わが家に　はこばれて来た
掌にのる程の
黒地に白の　毛糸玉の姿で
兄弟や母親が恋しいのか
一晩中　ないていた

平成九年六月
おまえはすっかり家族の顔で

癒しの舞台を見せてくれた
鼠のお手玉をして
廊下で踊ったり
大木にするする登り
三米もの枝から
ばさりと落下して見せたり
早起きの朝は
トイレのドアの前でまっていた

平成十一年の初夏
私の足の骨折の　看病に明けくれ
運動不足となって　やせ細り
見るも哀れであった

不惑に近い　働き盛りの息子よ
本能の赴くままに
どこまで　突っ走ってしまったのか

帰っておいで
おまえの好きだった　西の土手の
真白い黄連の　星の花々が
可憐に咲いて　ゆれているうちに

戻っておいで
庭の蹲いに　きれいな水を
いっぱい張って　まっているから

北風が毎日吹きすさんで

抱きしめた面影を
奪われそうで
むなしすぎる　日々だから

（平成十四年二月二十二日ニャンニャンニャンの日を命日と決めて）

五月の雨

五月の雨は
様々な想いを乗せて　降ってくる

この時期　篠突く雨は
予期しなかったけれど
確かにあの日の未明に降った

五年ごしの　病人とのしめった対話
あしたが見えない　乾いた生活
出口のない　薄闇のトンネルを
手探りでうろたえていた　介護の日々

豪雨は殴打し　すべてを流した

生きるためにのみ　月日を食み
一人の死が残していった
おびただしい　後遺症の山に埋まり
涙を忘れ　無意味にもがき
必死ではね除け　蹴散らし
気がつくと　妻の座も
女の性も失って　十年が経過していた

この日頃　しっとりと小雨
石塀にそって
おしろい花の　ハート形の双葉や
ほうせんかの　幼子の舌のような

おどけた芽が　ぞっくり出て来て
今年の「新生」を約束する

梅檀の葉の　日毎そよぐ歓喜や
栃の木の枝の　天を突き
伸びる力に
背中をぐいぐい押され
今日も生きている喜びを
自然をうるおす　雨にゆだねて
歌っています
叫んでみます

冬の飛蚊症

冬の星座が　一際冴え返る真夜中
若者集団の　移動サーキットが
通り過ぎる

こだまする轟音
苦悩と歓喜
栄光と挫折の
炸裂する　不協和音
――私は浅い眠りから覚める

点滅する信号の交差点

百のイルミネーションは舞う
観客のないマーチングバンド

夜目にも鮮やかな　旗がひるがえる
東南北西　広がり集まる
音と光りの　ページェント

小宇宙の中で
どん底から
這い上ろうとする　浮遊子
乾いた心の痛みや
背負っている
傷の嘆きは深いのか

しんしんと　凍りつく
関東平野の　冷気の中で
私の飛蚊症は
過去の反省に
涙の眼を閉じる

第三章　五月のうた

生きる

外側に見事に崩れた　大谷石の門柱
下には　福寿草　アルメリア　アイリス等
草花があったはず

ある日　突然怪力が湧き出て
何本もの重い石を　難なくとり除き
恐る恐るのぞくと　褐色に縮んだ植物が
息も絶え絶えに　喘いでいた
震災百日目の　明け方の夢

早朝　まっ先に行ってみると

石と石の隙間から　白粉花の一本が
ひょろりと背を伸ばして
真赤な花を一つつけていた

オブジェに似て　太い二本の幹だけ残して
二米程に刈り込まれた　譲葉
五日後北向きの　Y字型の枝の間から
どす黒い樹液
油絵の具を　浴びせかけたように
滴り落ちている
樹魂の　滂沱の涙か　痛ましい抵抗

たどりついた　傘寿の坂
錆びたピッケルは　今どこに

心臓の鼓動は確かか
ヘモグロビンの値は　正常か
いくつもの病が　忍び寄る気配

生命力を信じたい
赤く燃えている　心の力を集めて
年齢に合った助走で　新鮮な明日を迎えたい

風雨に打たれても　起き上がる
葦の逞しさと　靡き続ける風知草のように
未明に飛び立つ　鳥達の
飛翔の歓喜に呼応し　奮い立ちながら

冬の栴檀

屋敷の四方　樫（貸し）ばかり
絶対　金花梨（借りん）
いつも愉快に歌いながら
多くの樹木を植え　愛し
育てていた　あるじ

様々な木を尻目に
庭の南西の角の　栴檀
小鳥の贈り物として　根付き
二十年余　我が物顔に天を突く

幹の太さ二米
青黒く部厚い表皮は
縦縞模様に　裂け　こわばり
ざらつき　苔むしている

生長の逞しさに　十年め
半分の高さで　ばっさり
切り落とす
だが怯むことなく　Yの字になり
かつての勢いにもまして
元の高さを凌いで聳える
四方八方へ　小枝を伸ばし
寒風に踊っている

ひたすら風霜に耐えて
ひと冬ひと冬　根毛を張りめぐらす
幹を太らせ　自然を包容し
樹液の結晶は　年輪に封じ込める
最夜中の星座の　碧い旋律に
四股を踏んで　和声する

静かに凭れ　手を当て耳をそばたてると
小鳥の囀りや　谷川の細流が
樹の精となって　迸る思い
春を信じて　厳然と生きる
声なき声に　癒される

撓む

故郷の小川の縁に
いち早く　早春を告げて
銀色に輝く　猫柳
淡雪が降れば　ひっそりと受け入れ
北風が吹けば　なだめて馴染み
けっして　逆うことはない

竹は　青年の心に似ている
青空を映して　垂直に立つ
突然襲った雪の重みに
耐える姿は健気だ

吹雪に翻弄され　地面に平伏して
太陽の輝きを　ひたすら待っている
闇の中希望を胸に　明日を見据えて

南天の木は　母の姿だ
子供のために　土下座する
固い幹をしならせて
己を捨てた　必死な塊
無償の愛の壁は
どんな強固な物でも
誰も突き破ることはできない

少女のようにしなやかな
エニシダ

初夏の空に　爽やかに揺れる
黄金色の　花すだれ
無数の花の夢は
無数に羽ばたく
未来の夢に向かって

七色の花びら　はらはら
しだれて　くるくる
華やかに乱舞して　ひらひら

手

世の荒波を知らなかった
幼ない日
級友のいじわるにあい
泣き泣き帰った日　掌に
祖母のくれた　山盛りの黒砂糖
春だったか　初夏だったか
はるかな昔の　泣きじゃくりだけが
今も鮮明によみがえる

唐鍬が重かった　女学生時代
戦いに勝つまでは

何も欲しがりませんと
終日山裾の開墾に　汗を流した
手の豆はつぶれて
紫色に干からびていった

社会に出て　黒板に向って
チョークを　握る日々
一オクターブが　届かないと
涙した冬の音楽室
交通事故には　絶対遇いませんと
指切りげんまんを
子供達とくり返した
小指と小指の温もり
ほんとの「さよなら」に

手を振りつづけた日
三月の校舎の窓が
涙色にきらめいていた

皺々にくたびれた手は
冬の寒さに堪えられず
凍える　痺れる　ガチガチ痛む
老人性リウマチ
それとも　手根管症候群なのか
医学書を読み漁って　落ち込む

着ぶくれて　冬眠から覚めないのに
春はいっさんに　さんざめく
れんぎょうは　枝を広げ

鮮黄色に踊り
こぶしの花は　空を白くぼかし
椿の花は　母親の乳房の様に
うつむいて　小鳥達に
蜜を吸わせる

あらせいとうの　紫紺の花に
紋黄蝶の　ひらひらの眩しさ
いつしか部厚い手袋を
かなぐり捨てて
太極拳の　突きの動作で
こぶしで空を　突き上げている

雨季点描

鮮やかなのは　ゆうすげの黄色
降りみ降らずみの雫を
口に含んで　鬱の吐息といっしょに
そっと吐きだす
昨夜の温もりが　未練なのか
正午過ぎても　まだ咲いている

芸術家なのは　霧雨の中の蜘蛛
多角形の巣は　一夜の楼閣
真珠の粒を　惜し気もなく
銀河のように　鏤めて

少しの風にさえ震える
誰も尋ねては来ないのに
不用意に泪ぐんだりして

この時期　灰色の空に
挑戦を試みるのは　黄膚　木ささげ
倣然と突っ立って
いっぱし　この庭の主
入道雲としか喋らないよ　と
豪語する
明け方の夢の続きの　偏頭痛が
優しい労りを　欲しているのに
雨に沈んでいる　故郷の狭い空

棚田の畦に　馬草刈る母
背負い籠に　見えかくれしている
蛍袋のピンク　真白い丘虎の尾
手の染まりそうな　紫の燕子花
過酷な労働を　寡黙にこなす
子等のために――　家族のために――
感謝の想いを抱いてから
すでに半世紀過ぎる

曇天

広い境内の　読経の渦の中にいると
遥か昔の光景が
扇のように開いて
指の間から　立ち上ってくる

あの日の二重坂の上り口は
突然の雷雨
店で購入した短冊を
あなたに渡すと
洋服の下の胸の中に
しっかりしまった

手提げの中は
峠で頬張るはずの
二個のコッペパン
映画の切符の半片

両側の山の木々が
暴れ雷に呼応して　突然唸る
竹が傾れて枝葉を狂わせる
頭上に炸裂する稲妻
轟音と閃光に追いたてられ
ひた走る二台の自転車

今しがた　うっとり夢見た
青春映画のラブシーン

厳しい現実は
全身ずぶ濡れの　野良犬

三叉路の農家に着き
軒下をこっそり借りる
間もなく雲が切れて
嘘のように青空が見えて来た

突然の訃報
別れはいつも不意打にやってくる
会話したいこと　山程あったのに
詩集発行に使ってと言った
繊細佳麗な華々の
木版画はどうなるの

梅雨の中休み
垂れこめた雲の空の下
半世紀前の想い出を
総身に重くまとって
きっちり立っている
過ぎ去った日々の
あまりの軽さに
涙と汗でぐっしょりの
忘却のポケットを
弄りながら

介護の記憶

感謝の空気と
諦念の気持ちが
混ざりあった　部屋の中
八畳の南の一画だけが
浮き上って見える

仰向けの人は
自分の意思を
日毎少しずつ殺して　百五十日め
口数もめっきり減って
一日の半分を　眠ってすごした

頭脳に酸素が不足して
好きな言葉も浮かばない
酸素吸入器は　鼻から
体の一部として　作動しているのに
ノートに書いた文字は
蹌踉として　俳句にならない

栃木米「腰光り」と
斜めに書いた
一人百姓をして　暗渠排水をして
苦労して作った　米の銘柄
腰を使って　腰光とは
けだし発案の文字

心身共に疲れはてた　重い現実
白昼夢として　覚めてほしい
飛び去った日々の
二人で築いた　幸せのフィルムが
歯の根の合わない速さで
磨滅して行く

逃れた午後のひととき
裏山の竹藪の中で
飛蚊症の瞳を凝らすと
真赤な藪椿の花が光っていた

五月のうた

風は光る　そよぐ若葉に
川がさざめく　土手の若草に
陽光は　目覚めた虫たちの住みかに
きらめき　弾ける

揚げ雲雀は　夜明けから囀り
きじばとは　トッテンホッホーと
巣を作り始め
おながは　ギイコー　ギイコーと
羽を藍色に光らせて　枝々に飛び交う

山茱萸　三椏　連翹　土佐水木
花は瞬く間に散りしき　若葉に変わる
遅れて鮮やかな　出猩々の真赤な楓
木斛の葉も　飴色に輝いている

樹木を植え　こよなく愛した人の旅立ち
ひたすら待ったのに　戻らなかった
片手を捥ぎ取られた　痛みに
じっと耐えた　長い日々

青嵐に全身を染め
花粉に塗れて　慟哭すれば
もとの自分に戻れると
自然の揺り籠の中で

ひととき　緑にむせている

かすかな鼓動

朝起きて　ひどく物憂いときがある
明け方　微睡の中で見た
おぞましい夢のせいと
体を全開し　眩しい朝日の中に
汚物を振り捨てる

思考は遠い昔にさかのぼる
小さな山の小学校に着任
十九歳の胸の高鳴りは
村一番の素封家の　御曹子との縁談話

社会に踏みだしたばかりの
未熟な心は　日々有頂天になり
生れてはじめて知った
胸のときめきに酔い痴れた

彼は文学青年だった
ロマンを秘めた度重なる詩や手紙
赤い表紙の本「智恵子抄」も
そっとプレゼントしてくれた

躍り上ったわずかな日々
東京にない空のもとで
初めて知った過酷な現実
全身をもんどり打った

結末の惨めさ厳しさ

あれから茫茫と流れて行った
数えきれない月日と事象
一年前訃報を聞いた

記憶をたぐり　過去を意識して
「智恵子抄」を歌う
想いを込めて　ゆったりと
ありったけの声を　張り上げて
忍びよるたしかなときめき
青春時代初めて味わった日々の……

同士

太郎くんは　いつも私のものを
横取りする
南の廊下の　勉強机　椅子の上
大地震が来たって　動かないぞ
でんと寝そべり　丸太ん棒だ

最近とみに文句たらたら
私と同じ　老いの繰り言
猫語でわめかれても
真意がわかりかねる
観察力　想像力　洞察力

すべて衰えてしまった私には

駿敏な動作に　溢れていた若い日
栃の木や樆の木のてっぺんに
瞬時に登り　鴉といがみ合い
雉鳩の巣を覗いて　驚かせた
ねずみ　もぐら　蛇まで
廊下へお披露目して　自慢してた
今は私と同じ　法螺の種がない

毎日が極暑の日々
働く意欲も居場所もないから
物置きまがいの　北の部屋で
老いの身をいたわりあって

超然と眠ることにしよう
躍動する肢体の夢と
明日への望みを託して

あとがき

平成二十三年、詩集発刊の原稿を纏め始めた矢先、震災に遭いました。芳賀町は、震度七とも六強とも言われた激しい揺れでした。

本屋二十一米の棟の、屋根瓦が落下散乱し、門柱を始め、大谷石塀二百本余りが総崩れし、古い倉庫の柱は曲がり、惨澹たる有様でした。

あれから三年十か月、震災の爪痕は深く、元通りにはなりませんでしたが、やっと詩集発刊に至りました。その間多くの方々の、物心両面の励ましを受け、生きる希望と力を頂きました。心より感謝しております。

女学生の頃より読書が好きで、クラブ活動は、編集部に所属しました。卒業と同時に、小学校に勤めました。

当時の下野新聞文芸欄、詩の部の選者をされていた、泉漾太郎先生、手塚武先生の御指導を受けました。毎日新聞栃木文苑の詩の選者、三田忠夫先生にも御指導を受けました。夫とは、投稿者同士の、ペンフレンドでした。

在職当時より詩作し、退職後は、地域の文化活動に参画してきました。かつての父兄や、現在社会人として活躍されている方々より、「感動しました」「気持ちが分かります……」等のエールに支えられました。私の人生の大半は、書くことによって救われたと思います。

発刊に際し、題字を小林正孝（正韻）様に快く書いて頂き、励ましを頂きました。カバーの装画は、御多忙のなか薄井幸江様の心のこもった力作で飾って頂きました。

改めてお二人に感謝申し上げます。

またいつも温かく御指導下さっている、先輩詩友の皆様にも心から御礼申し上げます。

随想舎の石川栄介様には、親身なお世話を頂きありがとうございます。

五月は、夫の二十三回忌にあたります。文学をこよなく愛した人の墓前に供えることが出来ますことは、望外の幸です。

平成二十七年一月　厳寒の砌
螺良君枝

［著者紹介］
螺良君枝（つぶら　きみえ）
栃木県那須郡烏山町（現那須烏山市）生まれ。

◇詩　集　昭和58年日本現代詩人叢書第83集
—春のくる日—　芸風書院
◇遺句集　平成６年５月19日
螺良英男遺句集「未完のうた」電算印刷株式会社

所属
芳賀町文化協会　文芸の部個人会員
真岡市詩愛好会「雲」在籍
芳賀の随筆の会会員
栃木県文芸家協会会員

現住所
〒321-3321栃木県芳賀郡芳賀町大字下高根沢2138番地２
電話028-677-1573

詩集　生きる

2015年３月１日　第１刷発行

著　者●螺良君枝

発　行●有限会社 随想舎　〒320-0033 栃木県宇都宮市本町 10-3 TSビル
TEL 028-616-6605　FAX 028-616-6607
振替 00360－0－36984
URL http://www.zuisousha.co.jp/
E-Mail info@zuisousha.co.jp

印　刷●シナノ パブリッシング プレス

装丁●齋藤瑞紀　題字●小林正孝　カバー絵●薄井幸江

定価はカバーに表示してあります／乱丁・落丁はお取りかえいたします

 ISBN978-4-88748-300-2